folio cadet

Pour Christopher F.

TRADUCTION D'ANNE KRIEF
Maquette : Barbara Kekus

ISBN : 978-2-07-063106-3
Titre original : *The Tale of the Monstrous Toad*
Publié par Andersen Press Ltd., Londres
© Ruth Brown, 1996, pour le texte et les illustrations
© Gallimard Jeunesse, 1996, pour la traduction française, 2010, pour la présente édition
Numéro d'édition : 172491
Loi n° 49-956 du 16 juillet 1949 sur les publications destinées à la jeunesse
Dépôt légal : février 2010
Imprimé en France par I.M.E.

Crapaud
Ruth Brown

GALLIMARD JEUNESSE

Voici l'histoire d'un crapaud monstrueux,

un crapaud boueux,
un crapaud visqueux,

un crapaud gluant,
collant, poisseux,

un crapaud puant,
dégoûtant et répugnant,

empestant l'eau croupie.

Il est couvert de verrues,
de pustules,

de taches, de saletés.

De tous les pores de sa peau

suinte un poison infect et venimeux.

2

Le crapaud monstrueux et vorace

est un mangeur de mouches,
un croqueur de coléoptères,
un avaleur de vers de terre.

Il est balourd, étourdi, lent et maladroit ;

il ne voit pas à trois pas.

Il se traîne péniblement, clignant des yeux

et battant des paupières,
tombe la tête la première

dans la gueule d'un monstre !

3

rugit le monstre
en recrachant le crapaud,

le crapaud soulagé, ravi,
le crapaud sain et sauf,

finalement très heureux,
le crapaud qui sourit

d'un sourire monstrueux.

Ruth Brown

Avez-vous toujours été auteur-illustratrice ?

J'ai toujours été illustratrice mais je n'ai commencé à écrire que lorsque je suis devenue maman et que j'ai commencé à lire des histoires à mes enfants.

Combien de livres avez-vous publiés ?

Je pense avoir publié une cinquantaine de livres.

Où et quand aimez-vous travailler ?

J'ai une très agréable pièce dans notre appartement de Londres qui surplombe la rivière Mole. D'ailleurs, j'y passe plus de temps à regarder le nettoyage des rives qu'à travailler !

Qu'est-ce qui vous a inspiré pour écrire cette histoire ?
Quand j'étais à l'école, on nous apprenait à ne pas utiliser trop d'adjectifs dans nos rédactions. Alors j'ai eu envie d'écrire une histoire avec plein plein plein d'adjectifs et les meilleurs pour décrire des choses épouvantables et dégoûtantes !

Combien de temps vous a-t-il fallu pour illustrer *Crapaud* ?
Il m'a fallu environ cinq mois pour illustrer cette histoire.

Qu'aimez-vous faire pendant votre temps libre ?
Mon mari et moi aimons aller dans notre maison au bord de la mer où je fais de longues promenades sur la plage.

→ je commence à lire

Pour les jeunes apprentis lecteurs
Niveau 1

n° 1 *Armeline Fourchedrue*
par Quentin Blake

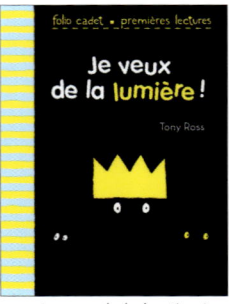

n° 2 *Je veux de la lumière!*
par Tony Ross

n° 3 *Le garçon qui criait:
« Au loup! »* par Tony Ross

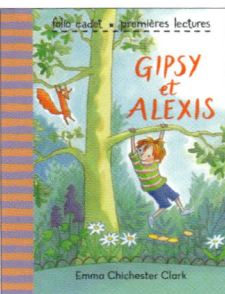

n° 4 *Gipsy et Alexis* par
Emma Chichester Clark

n° 5 *Les Bizardos rêvent
de dinosaures* par Allan
Ahlberg et André Amstutz

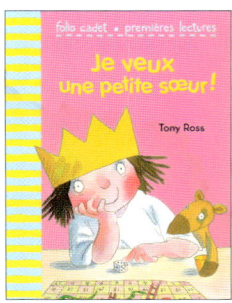

n° 11 *Je veux une petite sœur!* par Tony Ross

n° 12 *C'est trop injuste!* par Anita Harper et Susan Hellard

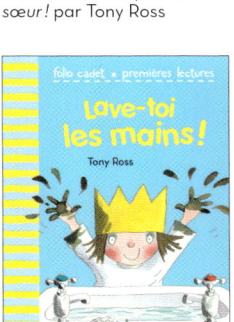

n° 16 *Lave-toi les mains!* par Tony Ross

n° 20 *Crapaud* par Ruth Brown

→ je lis tout seul

Pour les jeunes apprentis lecteurs
Niveau 2

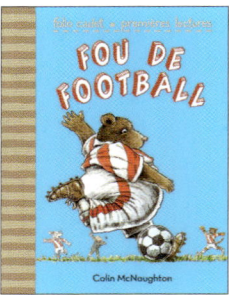

n° 6 *Fou de football*
par Colin McNaughton

n° 8 *La belle lisse poire
du prince de Motordu* par Pef

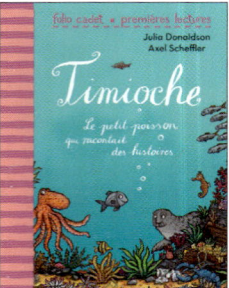

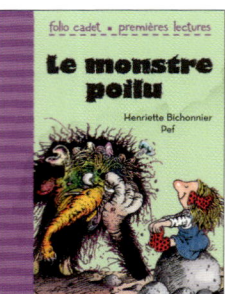

n° 9 *Timioche*
par Julia Donaldson
et Axel Scheffler

n° 10 *La pantoufle écossaise*
par Janine Teisson
et Clément Devaux

n° 13 *Le monstre poilu* par
Henriette Bichonnier et Pef

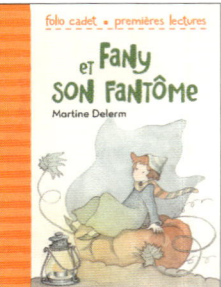

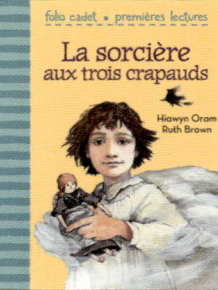

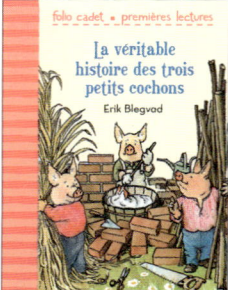

n° 14 *Fany et son fantôme*
par Martine Delerm

n° 15 *La sorcière aux trois
crapauds* par Hiawyn
Oram et Ruth Brown

n° 19 *La véritable histoire
des trois petits cochons*
par Erik Blegvad